双葉集

今帰仁中庸
島洋史
浦田和夫

RIGHTING BOOKS

序

短歌集を発刊する日が来ることは私自身、想像すらしていなかった。短歌や俳句は嫌いではなかったが、嗜むことはなかったのである。詩は幾つか書いた。才能が無く、仕事が忙しくなる頃には書かなくなった。今回の短歌は才能があったのか？多分、無かった。

ただ、今回の短歌つくりは夢中になった。ちょうど、ストレスが短歌と共に取れていく。そんな感じで、楽しいと言うより気が楽になるような気がした。何事も、そうであるが、一期一会なのだと思う。

古希を前に、義兄の浦田和夫と久しぶりに沖縄で出会った。私より四つほど先輩で岩手生まれ、東大文学部卒で八年ほど前に沖縄に移住し楽しく過ごしていたと言っていた。旧交を温めるにあたって共通の話題つくりのために、小林秀雄の「本居宣長」を読めと言われ、一月ほどかけて読み通した。読み終わるころには短歌が好きになっていた。実を言うと、古希を前に、沖縄で新たに仕事を開始した私は、己の人生が白秋期を過ぎ、玄冬期に居ることにあせっていた。ゴルフと読書が趣味だった私は、もう一つ何かを始めたいと思い、絵画か何かをと漠然と考えていたが、その時に短歌を始めることにしたのだ。
また、そのころに、大学時代から兄弟のように仲の良かった友人・島洋史（本名が同姓同名）とも旧交を温めていて、短歌の話をしたら彼も短歌作りを始めた。そうして、短歌に魅せられてから一年半が経ち、作った短歌も二百五十を超え、私たちの様に、人生の白秋期や玄冬期に短歌を始めたいと思っている方も多いのではないかと考え、二人で、敢えて未熟な短歌集を出版することにした。己を表現するのに俳句や短歌はとても有用で物の見方も変わってくる。私たちの未熟な短歌集を読んでもらい、自信をもっていただき、日本の伝統文化をたしなむ人が一人でも増えれば、それこそ私たちの望みとするところです。さらに、私に短歌の魅力を伝え、再会後、半年でいそいそと旅立った義兄への感謝にもなると信じている。義兄の短歌もいくつか、後ろの方に載せてある。

今帰仁 中庸

もくじ

島　洋史　編

――今帰仁　中庸　編

○名護の風景(1)

① ヒ※ンプンの　歓迎するは　名護の町　多くの歴史を　ささやく如し

② ランタナと　ターネラ咲いて　名護の朝　飲み屋の数ほど　今盛りなり

③ 名護の海　東雲に来て　眺むれば　すがひすがひに　白波ひかる

④ 白浜に　夏の青空　まぶしくて　立つ白波の　清々しさよ

※ヒンプン ガジュマル

今帰仁中庸 編

⑤
お堂あり　観音竹の　繁茂せり　龍神祀る　一隅なりぬ

⑥
街中に　飲み屋の　目立つ　市街なり　心のうさは　外気となりぬ

⑦
ナングスク※　桜の季節に　主となる　無心となりて　階段上がる

⑧
コスモスの　咲いて風吹く　名護の夏　にちにち草と　カンナも競う

⑨
通勤の　歩道に咲けり　ルコウソウ　名も知られずに　涼風送りぬ

※名護城公園

⑩　ルコウソウ　まだ咲いており　夏残る　高天の雲　戸惑いており

⑪　オイシバも　小さくなりて　雑草の　強さを誇る　猛暑なりけり

○名護の風景(2)

①　ナングスク　階段暑く　光刺す　ヒギリもしぼむ　ひるね時なり

②　ぬばたまの　夜と見まごう　野分かな　雲垂れこめて　木々は踊れり

③　濡れ縁の　隅にかくれて　猫の居り　野分を避ける　習慣持てり

④　月桃の　花もとををに　垂れ下がり　南のしまの　ひとよさの雨

⑤　ひさかたの　光はつよし　南島の　雲の湧き立ち　眩しきひるげ

⑥　乱雑な　水たまりの道　後ろ手に　腰まげ歩む　老夫婦あり

⑦　半袖で　ようやく涼し　沖縄の　仕事帰りの　あきの夕暮れ

⑧　サンダン花　帰りの歩道に　咲きほこる　陽ざしの熱き　名護の秋なり

⑨　ひさかたの　高空すみて　鳥渡る　ヒルガオ咲けり　名護の通い路

⑩　ブラシの木　赤い穂垂れて　片隅に　曇れる名護に　色の浮き立つ

⑪　うりずん※に　ポプラ並木の　新芽出ず　いつもの街の　通勤の朝

○名護の風景⑶　屋部の一軒家に住し頃に詠んだ歌

※初夏のこと 若い夏

今帰仁中庸 編

①

庭見れば　ヤマガラの居り　実をついばむ　なんだヤマガラ　楽しきひるげ

②

あさげ時　食餌木の　ヤマガラの　向こうの朝焼け　いよいよ明し

③

界隈の　異木に行かず　ヤマガラは　朝な夕なに　この木に憩う

④

晴天に　競い咲きたる　アジサイの　よひらの青藍　美しきかな

⑤

アジサイの　よひらの色の　水浅葱　心を癒す　露となりける

⑥　朝日子の　射す濡れ縁に　猫のおり　かこち顔して　われを見上ぐる

⑦　沖縄の　味恋しくて　買ってきた　パイナップルの　みずみずしさよ

⑧　ちはやぶる　神住む島の　おきなわの　御嶽のまえの　ホタル麗し

⑨　ちはやぶる　神住む島の　おきなわよ　御嶽のまえに　アパートの建つ

⑩　その上の　屋部寺にある　くすしども　念や残ると　今も伝わる

⑪　野分過ぎ　本部の北辺の　マンゴー園　数え米寿の　主ぞ凛々しき

⑫　屋部小の　門前に咲く　コスモスの　未だ弥生に　しあわせ放つ

○名護の風景(4)

①　ひさかたの　碧空きらめく　おきなわの　風まだぬるく　夏の居座る

②　ひさかたの　蒼天の雲　現れて　秋はどこにも　見当たらず

③　長月に　海入る子あり　名護湾の　辺波のなかに　家族らさわぐ

④　しこ草も　天のひかりを　身に浴びて　花を咲かすや　護佐喜神社

⑤　クリニック　和睦は地味に　佇めり　名護のまほろば　護佐喜のまえに

⑥　ちはやぶる　神の社の　護佐喜宮　名護のまほろば　優しき森よ

⑦　護佐喜宮　友とふたりで　訪いぬ　健康祈願は　此処だと言えり

⑧　くすし道　いつまでやれる　ふと思う　患者少なき　秋の夕暮れ

⑨　職員の　家の梢に　メジロ来て　巣作りをして　ヒナ飛び立つとや

⑩　エアコンを　先ずつける朝　南国の　神住む島の　神無月

⑪　南島の　空のかがよい　地に垂れて　まどろみ眺む　高天の雲

○名護の風景(5)

① 名護に居て　海を見に行く　こともなき　今日この海に　心吸われり

② この海は　いついつ見ても　なつかしき　あれは小五の　夏のことなり

③ 青い海　かつてはイルカを　狩りし浜　景色はすべて　セピア色なり

④ いさなとり　海で命を　繋ぎたる　わが先祖たち　偉大なるかな

⑤　空と海　つながる名護の　萌えなりぬ　クサトベラなる　白き花咲く

○今帰仁城跡

①　ちはやぶる　神代の春も　かくあらん　まばゆいばかりの　名護のしののめ

②　碧空に　観光客の　列をなす　桜の周りが　風の通い路

③　いずこにも　桜と城の　風情あり　今帰仁城は　霞ならずや

④　西行に　見せたき城の　桜なり　その魂を　いかにか詠まん

⑤　光刺す　本丸近くに　御嶽あり　いにしえ人は　吹く風となる

⑥　見事なり　今帰仁城の　荘厳さ　海を見下ろし　久遠に入りぬ

○やんばる散策

①　ヒギリ咲く　博物館に　至りなば　やんばるらしき　天然見たり

今帰仁中庸 編

②　やんばるの　山づとなりぬ　ヒギリ咲き　トンボの遊べる　清しき小川

③　公園の　周りを巡る　福地川　橋より見える　ウナギとフナなり

④　東村　ハマグルマ咲く　清流で　蝶とトンボの　風とたわむる

⑤　なんとなく　周りを見れば　草そよぎ　アサギマダラと　ヒヨドリの見え

⑥　時止まる　青空の下　ぼんやりと　自然のなかに　溶ける心地す

⑦　やんばるに　山賤ありしや　いにしえの　深山の緑　豊穣なりせば

⑧　車とめ　島をたどりて　海みれば　基地つくりおり　多くの舟見ゆ

⑨　やんばるの　豊かな森は　悲しけり　米軍基地の　金網巡る

○つれづれに思う

①　ただ生きて　学べることこそ　尊けれ　古希過ぎたれば　偏差値悲し

②　アマミキヨ[※]　シネリキヨらを　見し人は　ヌミノーゼたる　思いに打たれり

③　ヘブライと　フェニキア人の　伝説は　わが沖縄の　遠きふるさと

④　おきなわの　サンの伝説　いにしえの　過ぎ越しまつりに　起こると言えり

⑤　死に対し　抗うことが　生きること　その他の思い　煩悩なるらし

⑥　生きること　マッチ箱に　例えたる　芥川の　苦悩の聞こえり

※沖縄のイザナミ・イザナギの神に相当

⑦　沖縄の　人情作るは　草花と　暑さと海と　三味線なるらし

⑧　春に咲く　コスモスありて　冬に咲く　桜のあるも　日本なるべし

⑨　いつの日か　己が人生　人問わば　生の懈怠と　言う他はなし

⑩　苦しみは　恩寵なるか　リアルさを　造るヒッグス　粒子なるかも

⑪　悪の元　ヒッグス粒子に　あると言う　けだし存在の　根源なるに

⑫ 拙くて　わが生きざまの　拙さに　思い乱れて　目覚める朝

⑬ 非有非無　西行芭蕉　牧水の　苦悩の果てに　求めしものか

⑭ 雲涌いて　風に吹かれて　散り散りに　雲井に消えて　残る蒼穹

⑮ まだ暑き　名護の宇茂佐の　マンションで　西行うらやむ　庵となりぬ

⑯ 見返れば　一時の懈怠　日々なべて　真実鈴ふり　思い出しつる

⑰　おのがじし　存在の意味　ゆえ知らず　見ぬ世のひとを　模して歩めり

○東京の娘たちと正月に、読谷にあるホテルアリビラで会食

①　ちはやぶる　神代の春を　思えらく　汗をかきかき　南島の春

②　あちこちに　芭蕉を植えし　ホテルなり　日航アリビラ　白波近し

③　その昔　艦砲射撃の　ありし浜　海は輝き　白波立てり

今帰仁中庸 編

④　むすめらは　観光客と　なりしかな　令和辰年　元旦明し

○二月に辺戸岬へドライブす

①　全身に　吹きあたる風　冷たきに　他県のことの　如き辺戸なり

②　日は高く　観光客も　集いける　悟空岩は　背後にそびえ

③　ちはやぶる　神代のはじめの　辺戸岬　沖縄の元　いのち輝く

④　そのむかし　時を動かす　人々の　雄たけび聞こゆ　波風高し

⑤　辺戸御嶽　地上を見下ろす　その威容　ただそれだけで　力みなぎる

○十月に名護市のカヌチャゴルフクラブでのラウンド

①　肌にさす　陽ざしの強き　沖縄の　海のきれいな　カヌチャゴルフ

②　しののめに　すじ雲なりし　青空の　日なかに変わる　入道雲へ

③　イジュの木や　ユウナの木から　ホルトノキ　豊かに植わる　カヌチャゴルフ

④　海が見え　豊かな植生　眺めつつ　空輝ける　ヘボゴルフなり

⑤　このホール　辺野古基地の　よく見えて　ひら島長島　映える海なり

○屋部にあるフィットネスクラブに通い始める

①　フィットネス　初めておとなう　汗のあゆ　また行かんとぞ　しのに思えり

②　高齢と　見られていると　意識する　己が居たり　フィットネスクラブ

③　四季通じ　景色の変わらぬ　屋部にある　フィットネスクラブの　窓の外なり

④　窓の外　ホウオウボクを　眺めつつ　マシンと格闘　早や神無月

○八月三十日、東京に居る長女が来沖し、妻と三人で万座毛を巡る

①　ひさかたの　光りかがやく　万座毛　碧空となり　海の色深し

②　さわやかな　風も吹け吹け　万座毛　汗をふきふき　土踏みしめて

③　拍子木を　手に取り打ちて　立ち止まる　出口の辺りの　不思議な空気

④　わが娘　拍子木鳴らし　思案する　思い定めず　拍子木置きぬ

⑤　なつかしき　子供のころの　万座毛　夏の夜には　ホタル飛び交い

⑥　翁言う　ホタルのかがよい　胸塞ぐ　ときおり混じる　人の霊なりと

○十月に本部にあるベルビーチゴルフクラブでラウンド

①　瀬底島　遠くに見える　ゴルフ場　陽ざしの強く　打つ玉逸れし

②　いずこでも　海を眺めて　球打てり　オービー多く　かこち顔なり

③　中秋に　セミの鳴くなり　沖縄の　魅惑に満ちた　ゴルフ場なり

④　ゴルフする　動き止まれり　沖縄の　滝なして降る　夕立激し

⑤　今度こそ　一位を取らんと　意を決す　球の転がり　グリーンを出ず

⑥　このホール　伊江島真っ向　眺める　椅子に座りて　コーヒー飲みたや

○平和記念公園に参拝する

①　久しぶり　平和公園　まだ暑く　麦わら帽は　良き相棒ぞ

②　ひさかたの　空の青さに　誘われて　ついに来たぞや　摩文仁が丘に

③ ひさかたの　崖に連なる　海見たり　白波立ちて　御霊と知りぬ

④ ひさかたの　ひかり優しく　飛び交いぬ　摩文仁が丘の　木々の間を

⑤ 黎明の塔　両手合わせて　こうべ垂れ　涙はしとどに　胸は塞ぎぬ

⑥ 中秋の　摩文仁が丘に　セミの鳴く　風やわらかに　たましい遊べり

⑦ ひさかたの　青き高天　翔ける鳥　雲井のかなた　恋しからずや

⑧　かの日には　多くのいのち　受け止めて　今輝ける　白波悲し

○友人の大園と会食後に詠めり(1)

①　その名前　マルクスなれど　ガブリエル　多次元世界の　現前なるか

②　永遠と　永遠分の　一の間が　新実在論　ありしと言えり

③　永遠と　永遠分の　一の外は　けっきょく無となり　人と途絶えり

④　人にとり　永遠なるは　死となりぬ　永遠こそが　恩寵なるか

⑤　恩寵も　永遠なれば　無となりぬ　求めるべからず　ただ生きるべし

⑥　ランボーの　求めし永遠　それは無か　死と無はつながり　憧れ止まず

⑦　われ知らず　リルケも永遠　見つけたか　その作品は　永久に輝く

⑧　そのむかし　巖頭の感　著わせる　不可解なるを　追い求めたり

⑨ 不可解は　われらが青春　そのものか　拙き追求　拙き歩み

⑩ 涙さえ　懈怠なりとは　決めつけて　幼きこころ　闇を彷徨う

⑪ モナド論　真実かもと　思うあり　ケルベロスかと　悟空笑えり

⑫ モナド論　典型なるは　人なりぬ　レヴィナス言えり　他と我なりと

⑬ わが友は　フランクル※に　従うが　良きなりと言う　火宅なりせば

※ビクトール フランクル

⑭　友の言う　火宅の事と　彼岸とは　海と空との　ひと続きなり

⑮　ヴェイユ※どの　昨日も夢に　出にけり　チャールズパースと　同じ汽車乗る

⑯　恩寵は　人世の苦の　向こうなり　ヴェイユはいうが　人には空し

⑰　アフリカの　ヒッポ※の司教に　従いぬ　己の今日は　永遠なりや

⑱　哲学を　クリシュナムルティと　ヴェイユとに　重ねて得意の　己の至福

※シモーヌ・ヴェイユ
※アウグスティヌス

⑲　罪の無き　生命なるは　草木のみ　ビールスとても　他の命食う

○斉場御嶽にて

①　ちはやぶる　斉場御嶽の　弥生なる　岩のあいだの　オオタニワタリ

②　ちはやぶる　斉場御嶽の　向こうなる　久高の空の　慈愛に涙す

③　ちはやぶる　斉場御嶽の　イビの上　木洩れ日浴びて　蝶のきらめく

④　われ知らず　ひかりも染み入る　御嶽なり　心の汚れ　除くとばかりに

⑤　ちはやぶる　斎場御嶽に　人多し　途切れ途切れの　祈りとなりぬ

○読谷村の民家のヒスイカズラ

①　まあなんと　ダイヤが花と　咲きしかな　生命を得て　ヒスイカズラへ

②　ちはやぶる　神もみたいと　咲かせしか　弥生のこの日　永遠となる

③ 輝きが　心をつらぬき　言葉なく　西田幾多郎　絶対無見る

④ 来年が　待たれる花よ　われ忘れ　天然の美に　首を垂れる

○南城市の奥武島に行ってきた

① 奥武島に　竜宮城を　祀りたる　跡に行きたり　海の中なり

② 汗だくで　廻る奥武島　潮の香の　いにしえ遥か　漂いており

③　奥武島は　龍宮なりと　学者言う　現地で今も　祈り続けり

④　天ぷらを　求める人の　列を成す　奥武島いつも　潮風の吹く

○峰子、娘二人と東京の高尾山へ登る

①　うりずんに　母娘で登る　高尾山　遠くで富士も　かこち顔なり

②　やわらかき　笑顔となれり　高尾山　齢をかさねる　母娘なりけり

③　もう今は　子らが手を引き　山のぼる　ハッと思わす　写真となれり

④　高尾山　天狗となるは　異人なり　天狗の多き　この頃の山

⑤　るすばんの　わが家の長男　いかがせん　一人上手か　おぼつかなしに

○八王子の川と土手と電車とを、娘が写真で送ってきた

①　撮り鉄も　初夏にうごめく　八王子　緑つらなり　武蔵野ひかる

②　多摩丘陵　ジブリの夏の　おもかげを　風やわらかに　乗せて過ぎ行く

③　八王子　武蔵野ならずや　西行は　その八王子　過ぎ行きしかな

○子供の頃に住んでいた高原の、高台に住む友人を訪ねた

①　わが友の　桃源郷か　高原の　タカバチー※より　下界を望む

②　ちはやぶる　神の住まいなる　タカバチー　高天原の　心地こそすれ

※小高い丘の呼び名

③　赤とんぼ　有銘川なる　清流に　群れてあそべり　風涼やかに

○久辺の里

①　白い花　老人ホームの　軒に咲く　近寄り見れば　アカバナーなり

②　アカバナー　正式の名は　仏桑華　戦の後より　より赤く咲く

③　日の当たる　土地に建ちたる　佇まい　久辺の里とは　よくぞ言えたり

④　「久辺の里」　雲井に近く　佇めり　雲井に近き　人々住めり

○熱中症注意報発令中

①　猛暑出ず　島嶼をおおい　荒ぶるか　熱波は吹いて　ヒカリは刺すなり

②　夕空に　文月の月　鮮やかに　暑くしおれる　名護の街並み

③　文月の　月を眺めて　ニュース見る　熱中症に　西行隠れる

今帰仁中庸 編

④ 猛暑日に　ガッチリ咲いて　紫の　モミジヒルガオ　今盛りなり

⑤ コスモスの　咲いて風吹く　名護の夏　にちにち草と　カンナも競えり

⑥ フィットネス　行かんと家を　出たやいなや　熱気が襲い　ひるむ老体

○台風近づく名護の朝

① 台風が　近づいており　ヒンプンに　鳥たち集う　声もたてずに

②　風が吹き　雨が降っても　傘ささず　仕事に向かう　名護の人たち

③　雲走る　紙くず舞い飛び　足ばやに　翔けるこどもは　水撥ねながら

④　雨脚が　ハッキリ見えて　傘させば　雨風下から　吹き入り傘閉じ

⑤　にごり水　音立て流る　開渠なり　暗渠の近く　お堂の建てり

⑥　雲井より　名護の街並み　見下ろせば　風吹きすさぶ　交響曲ぞ

⑦　そら翔ける　風になりたや　又三郎　餅一つでも　持っていけいけ

○八重岳

①　来し方の　どこかさびしく　おぼゆる日　八重岳上がり　海ながめおり

②　八重岳の　海のむこうの　伊江島よ　われに微笑み　風送りおる

③　八重岳の　さくら美し　魂の　ひとつ一つが　輝き咲ける

○三月にオズとその仲間たちで「やんばるロハス」で新年会をした

①　ひさかたの　雲のかなたに　鳥の鳴く　名護のロハスは　岬のはずれ

②　友らみな　名護の岬に　集い来る　雲の通い路　潮風渡る

③　新春の　集いなりけり　日は和み　弥生になりて　ランタナの咲く

○大園、山本、中川の友人たちと京都の紅葉見物に行ってきた

醍醐寺、東福寺、常寂光寺などを巡ってきた

① こんなにも　人の集まる　東福寺　京の霜月　もみじなりけり

② 唖然とは　こんな顔なり　友らみな　京の霜月　集えるばかりに

③ 紅葉なり　赤とは違う　紅なるに　この美しさ　摩訶不思議なり

④ こんなにも　人の見つめる　もみじなり　顔赤らめる　理屈なるかな

⑤　異人らが　競い集える　霜月の　今醍醐寺に　太閤どよみ

⑥　定家も　いかに歌うか　小倉山　令和の京都　霜月なるを

○名護のもみじ

①　名護の冬　ポプラ並木の　落ち葉する　まだらなもみじ　恥じらいながら

②　ベルビーチ　ゴルフの途中に　紅葉見し　ただハゼのみが　秋を忘れず

③　オイシバも　冬に花を　咲かせたる　もみじのつもりか　白き花咲く

④　モモタマナ　落ち葉するとき　赤くなる　まだらなもみじ　ささやかながら

⑤　わが友は　スーパー行きて　紅葉を　感じると言う　さもありなんか

○岡山の友人秋元から、大学入学の頃の運動公園での
夜の酒盛りの思い出を短歌にして送ってくれた（返歌）

① ひさかたの　空に沁み入る　あの夏よ　われらの周りで　今もたゆとう

② 泡盛に　ゆさぶられいし　あの心　いちぶは風に　他は露になる

③ 青春の　珠玉の思い出　敷石の　心の庭で　月も出でけり

今帰仁中庸 編

④

小説も　絵画も上手く　嗜める　かの友人も　古希となりけり

⑤

君の本　無数の仏の　数多居り　なっとくする日も　この頃ありぬ

⑥

くすし道　退きたると　便りあり　昔のことも　夢と去りゆく

⑦

道求む　思いの強き　二十歳なり　拙き道を　泥にまみれし

⑧

エ※リアーデ　教えてくれし　友のあり　砂丘に座り　瞑想すべし

※ミルチア エリアーデ

○世界中を旅して回る、岡山の友人吉岡から、桜咲けりとＬＩＮＥあり

①　花咲くと　メールをくれし　友のあり　古希を過ぎたる　そのシワまろし

②　岡山の　後楽園の　桜なり　かすみか雲かの　歌のごとくに

③　はじめての　夜桜を見し　公園の　その名を見ては　懐かしきかな

④　そのメール　業平卿の　有名な　桜の歌を　添えられており

⑤　わが友は　垢ぬけしたる　古希なりぬ　今いるところ　ニュージーランド

⑥　カラオケの　歌ごえ若く　はつらつと　その声聞けば　病は見えず

○友人の大園と会食後に詠めり(2)

①　老年の　こころの在り様　廃墟なる　廃墟の傷を　思えば哀し

②　瞑想で　久遠を覗く　友のあり　そは喜びか　悲しみなるか

③　さくらとは　紅葉の華は　異なりぬ　いずれ寂しき　いずれ楽しき

④　けげ無きは　悟りの境地　なりしかば　敷衍すること　欲得ならずや

⑤　悟りおば　もてあそびおる　人多し　悟りの傲慢　げに悲惨なり

⑥　出家する　思いは悟り　希求せず　ただ汚れたる　霊洗いたし

⑦　価値観も　良き文化より　多く出ず　一つの価値観　地獄の政治よ

今帰仁中庸 編

⑧　自由意志　結論は無き　何となら　心の出ずる　ところ知らねば

⑨　※ショーペンの　意志の本体　恩寵か　はたまた重力の　親分なるか

⑩　ロゴセラピー　救いに向かう　ベクトルよ　哲学ならず　習慣とせよ

⑪　初恋の　思いも遠く　なりにけり　ときめきよりも　哀しみかなし

⑫　哲学を　語るふたりの　かたわらで　アサギマダラの　ひらひら踊る

※ショーペンハウエル

⑬　一生は　ただ創られし　物語り　七変化して　うつろい流る

⑭　玄冬期に　違う世界の　現れり　空なお碧く　海輝ける

⑮　生命は　生きるベクトル　なりしかば　ベクトル逸れし　哀しみ無尽

⑯　中庸を　分かりきった　哲学と　返りみざりし　人生悔し

⑰　琉球の　あかね空の　その向こう　牧水焦がれし　西域なるぞ

○八月九日、娘たちに誘われて北海道で野球を見に行く

①　蝦夷地入る　げに久しぶり　天高く　千歳空港　旅人多し

②　哀しきか　札幌向かう　野原には　ソーラーパネルの　がさつな配置

③　エ※スコンの　気高き威容　空をつく　北広島の　希望のひかり

④　藻岩山　遠くに見えて　なつかしき　豊平川の　上を汽車行く

※エスコンフィールド

⑤　エスコンで　試合を観るとは　意外なり　古希を過ぎたる　不思議のアリス

⑥　白樺の　林に出会う　エスコンの　帰りの景色の　清々しさよ

⑦　夕暮れの　札幌の街　茜色　広き通りに　人影まばら

○小樽へ向かう

①　小樽行き　銭函あたりの　海近く　たゆとう鳥は　ウミウなるらし

②　街路樹に　メタセコイアの　植わりしは　小樽駅前　中央通り

③　アジサイも　今盛りなり　青き花　手入れ少なく　ところ違えば

④　港内を　めぐれる船は　いま出ぬ　赤岩山を　左に見つつ

⑤　啄木は　ゆとり無き日を　送りしか　小樽の時間は　おだやかなりぬ

⑥　湾めぐり　豊旗雲の　たなびきて　カモメと遊ぶ　晩夏の小樽

⑦　小樽港　防波堤に　鳥の群れ　ウミウかもめに　他の鳥多し

○天狗山に登る

①　天狗山　夏川りみの　歌聞こゆ　ロープウェイの　放送だとは

②　蝦夷地来て　西行ごっこの　おもしろき　天狗山で　弘法に会う

③　天狗山　猿田彦を　祀りたり　猿田彦とは　ヘブライ人か

④　天狗山　小樽の街を　一望す　火宅のことを　癒す山なり

⑤　天狗山　ふもとに住宅　多かりき　高校生の　群れて歩めり

——浦田和夫　編

○鎌倉に住んでいた時に詠める

①　いと小さき　幸せを持つ　はこべの花は　ただただ天を向き

②　きしきしと　夜の雪道　踏みゆけば　オリオンは　輝きを増す

③　わが日々の　小さき喜び　書きとどむ　アマリリスの花　咲けることなど

④　十字路の　青信号に　歩みゆく　この人群れの　中に我居り

⑤　北極星　一つ離れて　光れるを　心に沁みて　仰ぐときあり

⑥　楽しきこと　心に持てば　庭隅の　紫陽花の葉の　雨に美し

⑦　庭の石の　小さき石の　一つさえ　われに向かいて　語る思いす

⑧　物理学　専攻の子の　本棚に　磨にかかわる　書物もまじる

⑨　とげとげしく　頭上にありし　オリオンも　うるみて低き　春となりたり

⑩　よろこびは　心に秘めて　おくべしと　仰ぐ夜空に　スバルつらなる

○東日本大震災の後に詠める

⑪　原子炉と　いうものはやはり　危険なのか　無関心に我は　過ぎて来しかと

⑫　プログラミング　していて我は　時折に　風邪気味らしく　咳ばらいする

⑬　コンピューターを　たよりに人が　到着せる　AIの声が　われに聞こゆる

○徒然に詠む

⑭　かかる時の　この心誰かに　告げやらむ　空の青く濃く　晴れし秋の日

⑮　指まげて　揃う爪見る　若きより　健康色と　思うことなき

⑯　わが庭の　ひとむら陰に　白く咲く　この花の名を　いまだ知らずも

⑰　木も草も　冬の憩いに　入らんとす　そのやすらぎの　小さき木の実

⑱　いわし雲　長くつらなる　秋空を　見ており一人　海辺に座りて

⑲　常はひとごと　思いたりし　救急車に　サイレン鳴らして　運ばれて行く

——島洋史　編

○あかつきの散歩をしながら詠める(1)

行きは闇夜、帰りにはしののめを眺めながら

① 星空を　仰ぐと浮かぶ　あの歌の　ひびき身に沁み　露の涙す

② 今生の　つかのまの生　しののめに　友と歌いて　こころ通わす

③ めを閉じて　瀬戸の海辺の　島々を　君と訪ねた　日々思いけり

島 洋史 編

④　かの時に　歌った歌を　口ずさみ　己がこころは　むかしに帰る

⑤　清らかに　川辺に咲く花　名は知らじ　笑顔うつくし　あなたにも似て

⑥　啄木の　歌のごとくに　あそぶ蟹　われの憂いも　川に流れり

⑦　もう半歩　あきらめまいぞ　古希すぎて　鈴を振りふり　われは進めり

⑧　仰ぎ見る　高天の雲　艶やかに　雲井の妻の　平安祈る

⑨　冥土には　行きたくなけれど　わが妹の　居るところだと　言う人のあり

⑩　最上川　程ではなけれど　国場川　水かさ増して　激しく流る

⑪　雨あがり　雲間に隠れる　三日月を　いにしえ人も　眺めたりしか

⑫　しののめの　三日月のかげ　雲間より　寂しくひかり　心さわげり

⑬　ひさかたの　東雲の空　明けやらず　群れ成す星と　冴えわたる月

島 洋史 編

⑭ 秋風に 吹かれて歩く この道も いずれ通えぬ 時が来るもの

⑮ 幾たびも 渡りし橋よ 真玉橋 めくるめく日々 胸締め付ける

⑯ 秋来ぬと 思わざりしを 道端の 草に朝露 見つけてぞ知る

⑰ 見上げれば 薄くれないに 彩られ 巨大なりき 青のキャンバス

⑱ 綿菓子の 野原にゆれて 涼しげに 道行く人の こころ癒せり

⑲　高天に　朝日を浴びて　雲の行く　わたしの旅と　重なる思いす

⑳　幾たびも　歩みし道ぞ　わが妹と　そこ此処にある　妹の残り香

○あかつきの散歩をしながら詠める⑵

①　三日月に　秋風ぞ吹く　南国の　冷たき風に　齢を思えり

②　虫の音に　思い出ずるは　妹なりぬ　ほのかな香り　昔のままに

③　ジャスミンの　香りかぐわし　植えし人　雲井の向こうに　訪ねてみたき日

④　群青の　空いちめんに　煌めいて　星と月とに　こころ吸われり

⑤　わが妹の　思い出の数　星よりも　なお数多なり　露となりせば

⑥　ガジュマルの　木漏れ日のなか　高天の　いつものオイシバ　踏みしめ歩む

⑦　わが友の　歌に添えたる　その花の　名は忘れども　残るときめき

⑧　朝焼けを　眺めて軽き　わがこころ　世の憂きことも　彩りなりき

⑨　秋雨じゃ　オイこら急げ　水撥ねて　急ぐはや足　世の風情なり

⑩　虫の音に　こころも軽く　癒やされし　行く度ちがう　いつもの道よ

⑪　道すがら　咲く花は君　手で包む　その香は愛しの　ジャスミンなりぬ

⑫　街明かり　遠くに見える　道行けば　君居る家に　帰る心地す

⑬　この道は　街の灯りの　見える道　君と歩いた　日々は帰らず

⑭　雨雲が　わが身を濡らす　日となりぬ　川面は一面　水玉の花

⑮　うす雲の　すき間に月の　出でにけり　薫るがごとく　われにささやく

⑯　万葉の　尊き人も　あの月を　眺めて袖を　濡らしつるかも

⑰　秋空が　うす紅色に　明けるころ　遠くに鐘の　音のするなり

⑱　あおによし　奈良の都の　鐘の音に　負けずに響く　わが町の鐘

⑲　国場川　激しき流れ　いずこより　来たりしものか　思い巡らし

⑳　せせらぎの　せわしき音に　目をやれば　川面の泡ぞ　明日の我かも

㉑　せせらぎの　清き流れよ　いつまでも　わが身清めよ　明日知らなくに

○あかつきの散歩をしながら詠める(3)

島 洋史 編

① 仰ぎ見て　指をかざせば　その先に　蒼き星たち　玉と輝く

② 夕風の　頬に冷たく　過ぎ行きぬ　すすきの穂のみち　秋の残りぬ

③ 寒空に　ひときわまたたく　あの星は　亡きあの人の　御霊宿すか

④ 霜月の　川面に光る　橙色の　明かり眺めて　あの人思う

⑤ ススキの穂　揺れる小道の　古寺の　鐘の音さびし　あかつきの朝

⑥　さむ空の　風の気配に　尻込みす　われにむち打ち　今日も歩めり

⑦　おぼろ月　見え隠れする　雲の間に　過ぎ行く秋の　侘しさおぼゆ

⑧　せせらぎと　虫の音とに　はげまされ　去り行く秋と　あいさつ交わす

⑨　水玉の　真珠まといて　桃色の　バラの花びら　香ぐわしきかな

⑩　木枯らしに　肩をすくめて　行く襟に　北風小僧は　手加減もせず

⑪　春の海　水面に揺れる　街明かり　そのいろどりに　心もおどる

⑫　月明り　仰ぐ面に　吹く風は　弥生の風なり　冷えの残れり

⑬　いつも見る　わが故郷の　ガジュマルは　その根も幹も　たのもし木なり

⑭　山の端と　家並みの影　重なりぬ　浮世絵のごと　美しきかな

⑮　鳥たちの　さえずる木々は　青々と　人をも癒す　霊木なりて

⑯　薄紅の　しののめの雲　現れて　空の青さは　ただ増すばかり

⑰　春風の　吹く南国の　陽光は　キラキラ輝く　ダイヤダストぞ

⑱　かみなりの　止みたる道は　爽やかに　さえずる鳥も　花も輝く

⑲　ゆっくりと　明けるしののめ　晴れやかに　朝日の中を　道を歩めり

⑳　空海に　見せたき春の　美しさ　その感想を　拝聴したく

○徒然に詠める(1)

① 終の家　なりと思いて　住まいしに　終の家とは　ならずなるかも

② 西の方　水平線の　彼方には　しあわせ在ると　島人の言う

③ 病得て　臥たる日々も　過ぎ去れば　決意も忘れ　元の木阿弥

④ 七十の　坂を上りて　つまづいて　老いに気づくも　負けてなるまじ

⑤　わが身体　年老いたりと　他人の言う　さにはあらずと　歯向かうこころ

⑥　床に臥し　もの思いつつ　詠みし歌　それなりにまた　おもしろきかな

⑦　わが性は　良きものなりと　思いける　楽天ぶりに　ふと苦笑い

⑧　わがこうべ　徒な器ぞ　つまらなや　記憶とどめる　ちから無きなり

⑨　ひらめきは　時を得てこそ　価値のあり　失いて知る　事の大いさ

島 洋史 編

⑩　悲しさや　寂しさありて　詠む歌ぞ　他人のこころを　掴むものかは

⑪　臥してこそ　詠めるものかは　歌よみは　子規や啄木　かくやありなん

⑫　病にて　臥たる者の　言葉には　命の儚さ　感じて哀し

⑬　若き日に　天に召された　かの人の　歌の哀しさ　身に沁みて読む

⑭　水無月の　雨に濡れたる　紫の　桔梗の花に　ひかる水玉

⑮　紫陽花は　小雨のなかを　はつらつと　白にムラサキ　咲き誇るなり

⑯　道端に　ハイビスカスは　咲き競う　赤白黄色と　主張しながら

⑰　三日月は　松葉の向こう　現れぬ　しばし動かず　われを忘れて

⑱　潮騒の　聞こえる浜を　まぶた閉じ　思い起こせば　聞こえる波音

⑲　ひらひらと　我によりそい　舞う蝶の　黄色き色は　幸せの色

⑳　あの猫は　グルメの猫ぞ　きまぐれに　人に寄り来て　飯をくうなり

○友人と語り、学生時代に思いをはせて

①　旭川　わが青春の　一ページ　ボートを競いて　優勝したり

②　わが妹に　今幸せかと　問うたなら　微笑みながら　われを指さし

③　わが妹の　うしろ姿の　小さきに　顔のほころぶ　己が居たり

④　おはようと　声掛けし人　爽やかに　袖振り合える　縁ありし人

⑤　ふるさとの　言葉のひびき　懐かしく　ゆかしき日々を　思いだしたり

⑥　藤村が　うたを詠みたる　木曽の道　香る若葉の　中を歩めり

⑦　春風は　東風より吹きて　わが肌を　妖しく撫でて　ただ過ぎ去りぬ

⑧　青春は　今がそうだと　夢の中　立ち現れて　あの人の言う

⑨　きらきらと　陽ざしのなかで　風吹いて　ゆれるポプラの　青き香りよ

⑩　過ぎ去りし　岡山の日々　思い出す　ポプラ並木と　半田山なり

⑪　二十歳まえ　バイク走らせ　京の奥　三千院に　ひとり訪う

〇新型コロナにかかり、自宅療養中に詠める

①　ひさかたに　風邪に倒れし　我ならば　つまらなき身を　嘆くかいなし

②　頭痛して　熱にうかされ　つまらなき　身体なれども　歌は詠めたり

③　天平の　気高き人の　末裔の　やまとの男の子　どこかおらぬか

④　同胞を　たれ知らずとも　われは知る　その尊さを　伝えるすべ無き

⑤　啄木は　今のわれの　状況を　いかに歌うか　誰ぞ知らぬか

⑥　失って　初めてわかる　ありがたさ　悔いても覆水　盆に返らず

⑦　魂は　尊びてこそ　その光　力を増して　輝くものぞ

⑧　うりずんの　言葉の響き　心地よし　雨の香りの　言葉なりけり

⑨　うりずんを　詠みし友あり　楽しみて　共に歌詠む　仲間なりけり

⑩　あの日居た　灰の野良猫　いずこやら　宿無きものの　命儚し

⑪　人間は　様々なれど　その中に　真実の人　一人で十分

⑫　今日の日は　字余りばかりの　歌なりき　それも良かろう　遊びなればなり

⑬　雨だれの　落ちるひさしの　下に咲く　花の白さは　わが妹の肌

⑭　仰ぎ見る　秋空のいろ　艶やかに　妹は雲井で　幸せだろうか

⑮　古寺で　食べたおにぎり　思い出す　愛しきひとの　手弁当なり

⑯　うたかたの　泡のごときの　我なれど　共にいく人　あれば悔いなし

○短歌をともに作る友人のこと

① 名護に居て　歌詠み送る　友のあり　那覇なるわれも　歌返すなり

② 若き日に　無鉄砲にも　汽車に乗り　大山行きて　靴投げし友

③ 大山寺　賽銭掴み　罪を為し　うどんを食べて　帰り来たれり

④ わが友と　短歌を作り　交歓す　友の土産の　わが妻なりし

島 洋史 編

⑤　古希すぎて　いまだに夢を　追い求む　今青春の　熱き友なり

⑥　わが友と　語れば娑婆の　苦労など　すべて吹き飛ぶ　心地こそする

⑦　いにしえの　京の都の　友の句は　都の香りと　秋をもたらす

⑧　初春に　北の友より　便りあり　山の桜の　香りをのせて

⑨　わが友は　阿弥陀仏に　似たる顔　思いはいつも　哲学文学

⑩ わが友は　静かな中に　その思い　冷たからざり　熱すぎもなく

⑪ 秋場所の　土俵の中に　友のおり　相撲をとりおり　夢と知らずに

⑫ わが友は　若きころには　たくましき　沖縄角力の　力士なりけり

⑬ ありし日の　あの筋肉よ　もう一度　取り戻せ君　まだ遅くない

⑭ 今生の　つかの間の世の　しののめを　友と歌いて　一期一会

○亡き妻の事ども

①　わが夜の　床に現れ　ひざまづき　われを案じる　妻の居りたり

②　子供らは　たくましきもの　いつまでも　べそかき泣くは　ただ我ひとり

③　つれづれに　過ぎ行きたこと　思い出し　良きことばかりと　ため息をつき

④　身の程を　知らずに逝くか　その命　二度と帰らぬ　宝なりせば

⑤　あの空は　逝し人も　見てた空　そんな思いで　こころ満たしぬ

⑥　刻々と　変わる景色を　眺めつつ　いつもの道に　今日も我あり

⑦　あいさつは　嬉しきものぞ　今日もまた　袖振り合いて　縁を継ぐなり

⑧　この道を　行けば脳裏を　駆け巡る　いつも君居る　思い出ばかり

⑨　行けよ行け　わが人生に　悔いは無し　言い聞かせつつ　悲しみ出ずる

⑩　ここち良き　朝の緑に　青きかぜ　青い青いと　われを慰む

⑪　しののめに　あかね雲など　鮮やかに　嵐の後は　今日も晴れやか

⑫　あの頃に　瀬戸の海辺の　島々を　君と訪ねた　思い出哀し

⑬　藤村の　椰子の実の歌　吟ずれば　瀬戸内海の　島々思う

⑭　この浜に　立てば異郷の　香りする　八重の波間の　世界の果ての

⑮　どこからか　線香かおり　わが妹の　姿まぶたに　現れて消え

⑯　ふるさとは　いずこと訊けば　口の無い　石が備後と　答える不思議

⑰　道端に　ねずみ小僧を　見つけたり　短い命　はかなき命

⑱　青空と　朝やけの雲　背にしつつ　黄色い蝶の　高く舞うなり

⑲　老いたりと　言えども我は　いざ行かん　いばらかき分け　騎士のごとくに

⑳　ほうずきの　うすべに色と　木いちごの　むらさき色に　こころ奪われ

○戦死した、われに似た叔父を平和公園に行き弔いて詠める

①　いくさばの　太平洋の　海底の　叔父のたましい　われは継ぎいく

②　線香の　煙のなぜか　やわらかに　わが身にまとわり　憩うが如し

③　かの叔父の　たましい我は　受け継ぎぬ　この地に来ると　しのに思えり

④　人の世は　はかなきものと　思いしが　何故に涙の　流れて止まず

⑤　かの叔父は　空母の書記を　務めたる　凛々しき人ぞ　母のくちぐせ

⑥　わが愛し　母に繋がる　叔父なれば　さもありなんと　しのびて涙す

○那覇にある海軍壕を友人と訪れた

①　いくさばに　倒れし者の　たましいよ　何処をさまよい　何処に宿るか

② その身体　むくろに見える　人なれど　その魂は　生きてるごとし

③ 北で散る　たましいありて　南で散る　人の命の　悲しみ果てぬ

④ 戦跡に　咲く一輪の　白い花　ふと足止めて　両手合わせぬ

⑤ 名も知らぬ　真白き花の　恥じらいて　緑の葉かげに　さびしげに咲く

○かつて本部に住んだ父のことなど

①　わが父の　自転車こいで　那覇向かう　多幸山の　この道通り

②　この道は　山賊の住む　怖い場所　二十里の道の　中ほどなりぬ

③　多幸山　座喜味山城　残波岬　やちむん担いで　暗闇の中

④　わが父よ　苦難を厭わぬ　人なれば　夭折もまた　運命なるか

⑤　たらちねの　母を求める　その子らも　父母となり　子育て励む

⑥　七十の　齢重ねて　ここに立つ　あの父の子よ　旅立てよ今

⑦　若きころ　百キロマラソン　挑みしは　あの父の子と　思いし故かも

⑧　青年の　その心もて　わが夢に　向かいて行かん　嵐も吹け吹け

⑨　やんばるの　海辺の夜の　ヘッドライト　フロントガラスに　蛍のダイブ

○火宅の苦悩の訪れし時もあり

島 洋史 編

①

あさましく　弱気をいじめる　人のあり　さだめし運は　尽きるが如し

②

暗闇に　何かを唱える　人ありて　奈落の底に　誘うモノかも

③

亡き君の　面影もとめ　寺行けど　百日行くも　会えずなりけり

④

在りし日の　君の面影　目を閉じて　共に世界を　駆け巡るなり

⑤

人の身は　神と悪魔の　宿りなり　誰も彼も　この我が身まで

⑥　汚れなき　身を装うは　哀れなり　世の人はみな　穴のムジナよ

⑦　風天の　トラと呼ばれし　あの人を　偲べばひとの　儚さ思う

⑧　あわれなり　道をあやまり　むさぼりぬ　地獄をみるぞ　われは知らぬぞ

⑨　あからさま　道を汚せる　人ぞある　幼きころは　いかにありしか

⑩　他がなにを　するとも我は　過たず　正しき道を　歩みただ行く

⑪ 悪党は　行かばイケイケ　どこまでも　果てはいずこか　わしや知らぬぞよ

⑫ 世の中に　かいなき人の　多きなり　悲しみあきれ　なすすべもなし

⑬ かいのない　人なればこそ　波風を　立てずに普段の　ごとく振る舞い

⑭ 手を合わせ　大事な人の　ため祈る　確かにとどけ　まっすぐ届け

⑮ 目を閉じて　去りしあの日の　あの人の　しぐさリアルに　思い出しつる

⑯　あれこれと　煩わしき事　多かれど　今と明日とを　楽しむべしと

⑰　世の中に　煩わしきこと　多くとも　あの勇気もて　行くぞわが道

⑱　人生は　山谷ありて　あたりまえ　それも醍醐味　楽しく行こう

⑲　わが歌は　忸怩たる詩　ばかりなり　友の励まし　あれば続けん

⑳　いざ行かん　朝日まなこに　うけとめて　悠久の旅　たましいの旅

○七人めの孫の爺やになる

① 七つめの　おとしご我に　授けしは　愛しき妹の　産みし子なり

② いく万の　人を育む　わが地球　聖哲の意志　叶えたきかな

③ 気がつけば　師走もすでに　半ばなり　北風よ吹け　芥清めよ

④ 雲よ来い　風も吹け吹け　今日の日は　生命守れ　守礼の神よ

⑤　山や谷　楽しく越えて　新しき　歳を迎えん　年おとこなり

○百日間の世界一周の船旅の後、思うこと色々あり、もうすぐ古希となる

①　チビたちに　さそわれ今日も　来てみれば　満天の星　またたいており

②　群青に　彩る空に　輝くは　群成す星と　満月なりぬ

③　思い出す　愛しきわれの　妹なりぬ　思い出の数　星の数ほど

④　幾つもの　縁ある人の　その行方　知らざるままに　時の過ぎ行く

⑤　東海の　小島の磯の　あの歌は　時を隔つも　こころに残れり

⑥　雨後の芝　踏みしめ歩く　清しさや　今日も良きこと　在れよと祈る

⑦　蒼天の　際無きめぐみ　身に満ちて　与えよ与え　皆にひとしく

⑧　芭蕉の葉　緑の縁に　二つ三つ　しずく見つけて　笑みしわれかな

⑨　道行きて　青葉の木立　見上げれば　枝のむこうに　月の明かりて

⑩　薄紅に　雲は染まりぬ　そよ風に　青葉は揺れて　匂うがごとし

⑪　道すがら　朝日に染まる　あの雲の　向こうに月と　飛行機の見ゆ

⑫　あの空の　青さのごとく　我がこころ　汚れずに行け　そこに道あり

⑬　しののめを　うす紅色に　染めあげし　日の出を仰ぎ　両手を合わす

⑭
ふと聞こゆ　昔の歌の　その歌詞に　こころ動かし　思い出湧きぬ

⑮
夢追いて　心は明日を　遊ぶなり　さすれば人生　常に春なり

⑯
天空の　使いの来りて　わが妹を　雲井のかなた　連れ去りにけり

⑰
鉄塔は　赤き頭を　覗かせて　厚き雲間に　立ち現れり

○時々、火宅

① あわれなり　物の怪なるか　くりかえし　障り招いて　邪の道を行く

② 人間は　悲しきものぞ　人の道　汚してまでも　欲の道行く

③ 真っすぐに　歩みし人は　少なくて　おおよそ人は　横道へ行く

④ 後悔は　決してするまい　我はただ　行きたき道を　粛々と行く

⑤　人はみな　それぞれなりに　思いあり　良きこと思えと　願うばかりぞ

⑥　この松の　ごとく生きよと　言われれば　われは畢竟　狂死するべし

⑦　その人は　のっぺりとして　笑みもなく　眼も合わさずに　過ぎ去りにけり

⑧　あわれなり　人を待たせて　時うばう　悔ゆることなく　また繰り返す

○白いアカバナー

①　往診に　訪ねし館　その軒の　ましろき花は　アカバナと言う

②　駆けつけし　往診先で　吐息つき　ふと目をやれば　白きアカバナー

③　七十の　坂を転げし　われなれど　花をば愛でる　こころはあるぞ

④　アルビノは　神の使わす　天使かな　金色の髪　真白き身肌

⑤　人はみな　生まれ持ちたる　差はあれど　そのますべて　めでたかるべし

⑥　仏桑華　赤きとばかり　思いしに　真白き花も　仏桑華なり

○徒然に詠める(2)

①　夏さかり　緑豊かな　島なりぬ　寄せる白波　青き海原

②　一すじの　飛行機雲なり　北目指し　さっそうと行く　朝日を受けて

③　サラサラと　涼風の吹き　草そよぎ　黄色の蝶が　花とたわむる

④　風涼し　梅雨の晴れ間の　ひと時を　猫と妹らと　過ごすぞ楽し

⑤　ふくちゃんと　名づけし子猫　ふく、ふくと　猫撫で声で　呼ぶはわが妹

⑥　吹く風に　ふくふくと我　包まれて　生きる喜び　味わいにける

⑦　若き血を　散らして行きし　神童の　詠みしかの歌　悲しく響く

⑧　雨風も　草木も鳥も　この星の　恵みなりけり　楽しき散歩

⑨　風凪いで　青き海原　広々と　異国の土地の　人ぞ思わる

⑩　長雨に　足の遠のく　友のあり　雨も良きもの　出でて歩めよ

⑪　流れゆく　雲を眺めて　歩を進め　ふと思い出す　青春の日々

⑫　雲割れて　モーゼの歩みし　道の如　現れ出でよ　聖なる人よ

島 洋史 編

⑬　わが命　いかほど残るか　知らねども　楽しき道を　行くにしかなし

⑭　友あれば　楽しからずや　来し方と　これからの道　語りつくせり

⑮　セミの声　夏の日差しの　不快さに　耳障りなる　歌と聞こえし

⑯　人の世は　危うきものぞ　この頃の　事ども見ては　思うことなり

⑰　いにしえの　人々もまた　この星の　豊かなること　歌に詠みにし

⑱　この星の　聖なる命を　壊さぬと　声あげるべき　時来たるらし

⑲　この道は　いつもと同じ　道なれど　他日通れば　ちがう風吹く

⑳　人生は　一度きりなり　今日の日も　こころざし持て　悔いなく生きたし

○あかつきの散歩をしながら詠める(4)

①　三日月の　東の空に　顔を出し　朝の散歩の　道連れなりぬ

②　来てみれば　涼風肌に　心地よく　夏の風情を　感じる散歩

③　クロと呼ぶ　黒き猫おり　この辺に　生まれしものか　何故に気になり

④　月と星　東の空を　見上げれば　もう夜明け前　鳥もさえずる

⑤　朝焼けと　明けの明星　三日月に　飛行機雲と　真っ青な空

⑥　夏草の　香り運びて　吹く風に　色を感じる　えんじ色なり

島 洋史 編

⑦　すくすくと　竹のびやかに　天めざす　人の歩みに　範を示せり

⑧　ガジュマルの　長き髭ども　風にゆれ　こわいおじいの　如く見えたり

⑨　公園の　やさしき人よ　心ねに　触れて癒され　涼風の吹く

⑩　松の葉の　青き香りは　健やかな　天の恵みよ　命かがやく

⑪　歌詠めば　楽しくなりぬ　晴れの日も　雨風の日も　すべて輝く

⑫　わが耳に　聞こえる音の　心地よさ　虫の鳴く音　街の騒音

⑬　あの枝に　赤きリボンの　結ぼれて　誰のしわざか　何のためにか

⑭　長月の　草生す森に　虫の鳴く　あれはコオロギ　風の涼しき

⑮　猫連れて　裏の小道を　訪ぬれば　東の空に　燃える朝焼け

⑯　法隆寺　ならぬお寺の　鐘が鳴る　響き渡るや　里の瓦に

⑰ いにしえの　瓦揺らした　その鐘は　時空を超えて　今も鳴るなり

⑱ 今日の日は　良き日なりけり　故知らず　胸の思いの　湧きてうれしき

⑲ しののめに　豊旗雲の　たなびいて　見ぬ世の人に　こころ繋ぐや

〇音信不通のシンガポールの友人

① わが友よ　時空の壁の　隔てるに　無事であれよと　祈るのみなれ

② 若き日の　共にマラソン　走りたる　爽やか笑顔に　優しき瞳

○徒然に詠める(3)

① 七匹の　猫のしぐさよ　猫歩き　猫なで声に　猫じゃらしまで

② テレビより　学園ソングの　聞こえくる　甘き思いと　切なさのせて

③ 玄米の　炊ける匂いに　癒されし　わが生命の　香りなるかも

④ ゆんたんざ　今日も来たぞや　青き海　青きおおぞら　我がふるさとよ

⑤ 帰り道　月を東に　陽を西に　バイクで渡る　とよみ大橋

⑥ その眺め　胸いっぱいの　歓喜なり　とよみ大橋　魔法の橋よ

⑦ 屋根を打つ　つむじのごとき　雨しぶき　これほど強くは　我も打たれじ

⑧ しぶく風　どこから来るか　荒ぶれて　われを試み　武者震いさす

⑨　夏が過ぎ　秋が来たぞや　沖縄に　古希を過ぎしが　まだまだやれる

⑩　病得て　癒えたる後の　この道は　崑崙山への　尊き行路

⑪　やさしさは　尊きものよ　行きすがら　出会いの幸を　秘めし宝石

⑫　回り道　厭わぬ人ぞ　福の人　その人生の　豊かな出会い

⑬　ひさかたの　豊旗雲は　あけぼのに　染まりて空の　青さひとしお

⑭ 松の葉よ　緑の濃ゆく　健やかに　その身を支えて　いついつまでも

⑮ 青空は　無限のキャンバス　美しき　全ての命を　育み抱く

⑯ わが胸に　後悔は無し　生き尽くし　使い尽くして　雲井に行きぬ

⑰ この道の　全てのいのち　わが友よ　ニャンとかワンと　虫も歌いぬ

⑱ 公園の　この猫たちの　猫格は　まるで人かと　思わす個性

⑲　今日の道　咲きし花たち　むらさきと　黄色と桃の　すがたゆかしき

⑳　この島に　生まれて育ち　来し方を　思えば胸は　露にぞ濡れる

○徒然に詠める(4)

①　幾たびも　ともに歩みし　道なれば　其処ここにある　妹のおもかげ

②　山と谷　ばかりなれども　山の茶屋　思いを重ね　われ石に座し

③

この人は　宇宙人なれ　何となら　不思議に満ちた　人なればなり

④

はるか果て　未踏の土地を　思いたる　われの心は　湧き踊るなり

⑤

あまりにも　人の命は　短くて　味わい足らず　空しさおぼゆ

⑥

この地球　広き世界に　生うけて　未だ見果てぬ　土地ばかりなり

あとがき

今帰仁 中庸

古希を前に始めた短歌作りであったが、思っていたよりスムーズに運んだ。

一番の理由は友人の島洋史が一緒に短歌作りを始めたことであろう。お互いの短歌を披露しあうことでモチベーションも維持出来たのだ。そして大園はじめ多くの友人たちにも短歌を読んでもらい評をいただくことにより、拙い短歌を推敲し作り続ける刺激となった。短歌のみではないだろうが、小説などと違って短歌作りには仲間がいたほうがやりやすいことは確かなようである。玄冬期の自覚が日常生活の光を縮小させがちだが、仲間がいることで新たなことに挑戦しやすくする。

もう一つの理由が、見ぬ世の人たちが身近に感じられて、とても新鮮であったことだ。西行、牧水、良寛、子規、古の歌人たち、たくさんの友人たちに出会えた様な気がしたのだ。学生時代には感じられなかった新鮮さがあった。そうした事が己の人生観、現在の生活の中でのモノの見方へも影響する。見過ごしていた街並みの風情やその歴史、道端の草花、雑草に至るまで、その存在が己の中へ取り込まれていく。若い時は、自然にしていた、こうした事が、いつの間にかただ流されていたが、今また己のなかで紡ぐようになっていく。ただ流されると時の経つのは早い。

収穫もあった。それはいくつかの、気付き、だ。

その一つは、わびさび、もののあわれ、について。それは、わびさび、もののあわれ、を感じるようになる構造が日本語にはあるのではないかということ。そして、わびさびの効用は自然観、生命観に影響を及ぼしているということだ。理由については、ここでは述べないが、日本人が言葉を、言霊と言い、日本語のオノマトペの豊富さに結びついている構造も、そうした構造の一つかもしれないと思っている。

わびさび、もののあわれについて感じた事として、さらに言えば、この二つは、その奥に永遠と無とに連なる美意識であるのだということ。

それは、ちょうど、魂が永遠の川を渡ろうとする時に、栄誉、称賛、自尊心、自意識、傲岸不遜、強欲ｅｔｃの装飾品をいっぱい持った魂が、重力により永遠の川にずり落ちるのに対して、そうした装飾品を全て手放して無となり、身軽で自由になった魂が永遠の川を颯爽と渡る優美さを、わびさびは、その美意識として直観しているのではないかということだ。さればこそ、俳句、短歌、のみならずコミック文化、唱歌などの幅広い日本語文化の奥深さと豊かな発展につながっているような気がしてならないのである。それは、日本人が他国の文化や宗教を認め許容し合えることの基礎になっているのではないかと感じるのである。こう書くと国粋主義と思われそうだが、国粋主義は自国の文化を一番だとして他国の言語や文化を貶すことであり、私にはそんな思いはない。

西田幾多郎は純粋経験において「絶対無」を直観すると書いているが、純粋経験とは心が無にならなければならないとも言う。この、無になる心が、わびさびの中心にある様に思われる。

二つめは、こうした観点から、さまざまに永遠の川を渡った先人たちを思ったが、特に以下の四人について思うところが多かった。一人は、西行。彼は、かねての望みのとおり、「如月の望月のころ、桜の下で」永遠の川を渡った。彼の渡河は当時、称賛され、西行伝説を一気に創りあげた。重力の点からも恩寵の視点からも、今でも理想の旅立ちと言う人も多い。西行の旅立ちに対しての世評には異論はない。それに対して、藤村操、シモウヌヴェイユとチャールズパースの渡河には西行の渡河と違い、悲惨なものだったとの評が多い。しかし、わびさびの境地に思いを致し、彼ら三人の渡河を眺めると、それぞれ、無心になって、永遠の川を渡っていったことに気が付いたのだ。その証拠に彼らの思いは、旅立ちはどうあれ、今でも多くの人に語り継がれているのである。人によっては、西行に対してよりも、この三人に、より共感を覚えるのではないだろうか。彼ら三人の渡河は勧められたものではないが、きっと、恩寵の翼を持って川を渡っていったのだと思えたのだ。

この気付きは、わたしの中で大きな出来事だった。生活は何も変わっていないが視点が変化するのを感じたのである。

短歌作りには、今を生き抜くための思わぬ効用もあり、今回の短歌集が、玄冬期の皆さんへの、なんらかの参考になれば幸いであると思っている。

あとがき

島洋史

私が短歌を始めたのは昨年の夏のころです。大学の一年後輩の友人が書き送った短歌に返歌するといった形で始めました。面白くて夢中になり、いつの間にか一年で二百首を超えていました。その友人と私は同郷で気が合い、学生の頃からいろいろなエピソードを共有してきました。貧乏学生の二人は着の身着のままで冬の鳥取の大山へ思い付きで行ったりしました。その思い出も歌の題材にしました。また彼が引き合わせた若き頃の妻との思い出も自然に歌になりました。

短歌は、大抵いつも朝の散歩の途中で生まれます。

まだ暗いうちに自宅を出て、近くの小道を歩きます。散歩の時に清浄な空気を吸い込む感覚の気持ち良さは格別です。雨や風の日も歩きます。自然の変化を肌で感じながら若き日の思い出や近い未来の夢を思い描き歌をよみます。

作った歌はポケットの中のメモ用紙とボールペンを取り出して、街灯の下で書きとめます。日々変化する月や星、流れ行く雲のかたち、木々や季節の花々、猫やネズミ、季節の虫たちも歌の題材になります。

短歌を始めて、何か変化したことがあるかと問われれば、一つには、自然やその中の生き物に親しみを感じ、楽しむようになったこと、そして日々の出来事を、良いことも悪いことも一つの物語として客観的に見れる様になり、さらに物事を前向きに考えられる様になった事かなと思っています。

古希を過ぎて始めた短歌は、私の残りの人生に楽しみをもたらしてくれました。

短歌作りの楽しさを教えてくれた友人に感謝しています。

そして、古希を過ぎて始める短歌作りの楽しさを世の多くの人と共有できればこの上ないことだと感じています。

著者略歴

①今帰仁 中庸（ペンネーム）＝島袋　隆（本名）

１９５３年7月生まれ　沖縄県立コザ高校卒、岡山大学医学部卒。

同志社大学哲学科中退。

趣味―ゴルフ、読書

②浦田和夫　岩手県出身　東京大学文学部卒

③島 洋史（ペンネーム）＝島袋　隆（本名）

１９５２年9月生まれ　沖縄県立那覇高校卒、岡山大学医学部卒。

趣味―トライアスロン、読書、世界一周

著者

今帰仁 中庸

島 洋史

浦田 和夫

双葉集

２０２５年２月１日　第１刷発行

著　者――今帰仁 中庸　島 洋史　浦田 和夫

発行者――高木伸浩

発行所――ライティング株式会社

〒 603-8313 京都市北区紫野下柏野町 22-29

TEL：075-467-8500

発売所――株式会社星雲社（共同出版社・流通責任出版社）

〒 112-0005 東京都文京区水道 1-3-30

TEL：03-3868-3275

カバーデザイン：横野由実

印刷製本：（有）ニシダ印刷製本

ISBN978-4-434-35388-8　C0092　¥1300E